KB039729

내일과 오늘이 같더라도 ——

다른 일상

내일과 오늘이 같더라도 ─── 다른 일상

글·사진 **곽현영**

한번쯤 이렇게
살아보고 싶은
그녀의 방

자화
상

prologue

내 취향을
지키며
산다는 것에 대하여

언제나 평범하고 행복하게 살고 싶다.
특별한 일이 매일 일어나는 삶을 꿈꾼 적도 있다.

허나, 특별한 일을 만들고 항상 행복을 바라기보다는
나를 찾아가는 삶 속에서 발견되는
소소한 것들이 행복으로 다가왔다.

예를 들면 나만의 맛있는 디저트 가게를 찾거나
나의 입맛에 맞는 라떼를 만드는 카페 찾기,
광안리를 자주 가는 나만이 알 수 있는,
일몰이 예쁘게 지는 시간들.

매일 행복할 수 없다. 울 때도 있지만
작지만 소소한 것들이 차곡차곡 쌓인 삶들이 주는
기쁨이 있기에 지나온 과거도, 글을 쓰고 있는 지금도
앞으로 살아가야 할 많은 나날들이
꽤 괜찮은 삶이라고 말할 수 있다.

누군가 대신 살아주는 것이 아닌
내가 살아가는 삶에 만족한다면
그것만으로도 좋은 길을 걷고 있다고 생각한다.

CHAPTER 1

작은 취향을 놓치지 말 것

CHAPTER 2

혼자 살아보는 낭만에 대하여

CHAPTER 3

인생을 내 취향으로 꾸미기

CHAPTER 4

고양이가 있어 아름다운 순간

CHAPTER 5

여행은 또 다른 나와 집을 만나는 것

CHAPTER

1

....

작은 취향을
놓치지 말 것

생각만 해도 기운을 얻을 수 있던 것들,
이런 것들은 한 번에 생기는 것이 아니라
살아가다 보니 저절로 내 삶에 스며들었다.

얼음이 동동 띄워진 차가운 아이스라떼.
중간에 나오는 광고까지 외워버린,
라디오가 흘러나오는 블루투스 스피커.
좋아하는 향을 방 안 가득 채워주는 캔들워머.
세상에서 제일 부드럽고 따뜻한 나의 고양이, 땡초.
좋았던 추억이 가득한 다이어리.
꽃시장에 가기 위해 걷는 거리.
자주 신고 다녀 같은 모델을 세 번이나 구매한
하얀색 메리제인 플랫 슈즈.
.

.

.

쓰다 보면 끝이 없을 나의 취향과 작은 세상들 작은 세상이 모여
나라는 큰 세상을 만들어준다.

。
자연스러운
것들

기분이 좋아지려고 일부러 무엇을 하기보다는
흘러가는 순간 속에서 즐거움을 찾고
무엇을 하든 즐길 수 있는 내가 되길….

집으로 돌아와 화장을 지우고 따뜻한 물에 샤워를 하고
좋아하는 복숭아향 바디로션을 바른다.

캔들워머를 켜고 좋아하는 방송의 라디오 주파수를 맞추며
오늘은 어떤 좋아하는 노래가 나올까 기대한다.
우연히 내가 좋아하는 노래가 나왔다면,
내가 알지 못했던 노래를 라디오를 통해 알게 되었다면,
그것들은 그 자체로 즐길 수 있다.

옆에는 하루를 마무리하는 따뜻한 유자차와
사랑하는 고양이만 있으면 기분 좋은 하루의 마무리.

。
나를
아끼는
방법

나를 아껴주는 방법은 거창하지 않다.

내 주변에 있는 작은 것들을 조금씩
내 취향으로 가득하게 만드는 것이다.

주방의 수세미를 내가 좋아하는 꽃 모양으로 바꿔보기,
방에 꽂아둘 꽃을 사보기,
언제든 꽃을 사러 갈 수 있는 단골 꽃집 만들기,
귀여운 리본 방문에 걸어두기,
잡지를 보다 마음에 드는 부분은 찢어서 방에 붙여보기.

이런 작은 것들이 모여서 생기는 큰 행복이 분명 있다.

일상의
루틴

일어나면 내 발밑에 있는 땡초와 인사해주고 라디오를 켠다.

라디오에서는 오늘의 날씨와 도로 상황을 알려주는 목소리
가 흘러나오고, 난 창문을 연다. 침대 위 이불을 정리하며
방 안의 먼지가 가라앉는 사이 원두를 갈고 주전자에 물을
올린다. 커피를 내려 마시며 아무런 전자기기에 손을 대지
않고 가만히 눈을 감고 오늘의 할 일을 생각해본다.

드문드문 들려오는 라디오의 광고 소리
땡초가 내는 가르릉 소리.
나를 편하게 만들어주고 변치 않는 것들이 있어
하루를 보내는 매일이 지루하지 않다.
작은 변화에도 즐겁고 재미있는 일상.
내 일상의 루틴이다.

작은
취향을
놓치지 말 것

아침에 먹는 커피도

점심, 저녁에 먹는 커피도 좋지만

나는 그중에서도 아침이 제일 좋다.

하루의 시작을 알리는 커피이기에.

°
잔잔한
보통
날

예전에는 행복한 날을 바랐다면 지금은 보통의 날을 바란다.

아무것도 일어나지 않는 하루가 평범한 하루의 소중함을
알려준다. 억지로 만들어내기 바쁜 행복보다는 내 삶에 숨
어 있는 소소한 행복을 찾는 것이 좋은 요즘.

작은
취향을
놓치지 말 것

。
꽃 을
사 랑 할
것

꽃이 주는 행복은 겪어본 사람이 아는 것 같다.

가만히 있어도 꽃들은 에너지를 피워내고 꽃망울이 떨어지
는 순간까지 즐거움을 준다. 얼마 안 되는 비용으로 무한한
행복을 누릴 수 있다. 비록 꽃들은 져버릴 테지만 짧은 생
의 모든 순간이 내 기억 속에 머물러 있다.

그러므로 행복은 영원하다.

작은
취향을
놓치지 말 것

。
갖고
싶었던
나만의 방

나만의 공간을 갖는 일이 그리 어렵지는 않다.

자그마한 책상, 4평짜리 원룸이라도 나의 취향을 조금이라
도 곁들인다면 그것이 바로 나의 공간.

오롯하게 쉴 수 있는 편한 공간.

살다 보면
취향을 잃기도 하기에

어린 시절을 돌이켜보면
나는 이걸 좋아하고, 저걸 싫어하고가 분명했다.

좋아하는 것을 할 때
몰입했던 기억도 분명 있다.

이제는 내가 무엇을 좋아하는지도 모르겠다, 하는
이들을 위해 조금씩 취향을 회복하는 팁을 알려주려고 한다.

대단한 것은 아니지만,
자기 자신을 찾아가려는 사람에게
조금이라도 도움이 되었으면 좋겠다는 마음으로…….

무엇보다 좋아하는 것을 의식하는 일이 중요하다.

모던한 인테리어의 카페보다
빈티지한 인테리어,

쨍한 원색의 이불커버보다
무채색의 단정한 천,

아침에 마시는 커피보다
자기 전 마시는 한 잔의 와인,

눈길을 사로잡는 튤립보다
은은한 안개꽃,

책상에 가지런히 꽂힌 책들보다
창가 아래에 주르륵 놓인 빈 술병들.

별거 아닌 작은 좋아하는 것들을
기억하고 자기 자신에게 선물해주기를.

펜넬, 쑥부쟁이로 만든 티와

오렌지색 거베라.

겨울을 기다리는

몇 안 되는 이유 중에 하나는

튤립을 마음껏 보고 즐길 수 있다는 것.

。
우울할
때는

우울할 때는 어떻게 하려고 하기보다는 생각을 다른 곳에
두어서 자연스럽게 흘려보내고자 한다.

따뜻한 물을 맞으며 샤워를 하고 정성스럽게 바디스크럽도
해주고 나를 독려해주기.

따뜻하게 데운 이불 안에 들어가 협탁에 시원한 캔 맥주 하
나 두고 내 앞에는 생각 없이 볼 수 있는 로맨스코미디 영
화 한 편.

매일 같은 방법은 아니더라도
우울이라는 단어에 신경 쓰지 않고
스스로를 돌아봐주고 신경 써 주면
나를 귀찮게 하는 감정들은 이미 다른 곳에 흘러가 있다.

°
온전히 나에게
집중하는
시간을 갖기

요리와 베이킹을 좋아한다.

내가 나를 위해 맛있는 한 끼를 대접하기 위함이지만 또
다른 이유가 있다면 그 순간만큼은 요리에 집중함으로써
모든 잡생각, 스트레스가 사라지기 때문이다. 그렇기에 가
끔씩은 밤에 마들렌 반죽을 만들기도 하고 간단한 스콘을
굽기도 한다. 다음 날이 주말이라면 아침에 먹고 싶은 반찬
을 미리 만들기도 하고 재료를 준비하기도 한다.

밤에 조용히 생각에 잠길 수 있는 습관.

°
나 를
아 끼 는
습 관

나를 정성스럽게 대하는 순간들이 좋다.

나 자신을 위한 시간이 많아질수록 나를 소중히 여기는 여
유도 늘어난다. 나를 위한 한 끼를 대접하고 커피와 디저트
를 준비하는 시간이 많아질수록 나는 나를 더 좋아해줄 수
있다.
단순히 사진과 영상을 위한 허례허식이 아닌 진정으로 나
를 아껴주는 시간이라고 생각한다.

나보다 나를 생각하고 아껴주는 사람은 없다.

˚
이렇게 사는 거
귀찮지
않으세요?

가끔 내게 묻는 사람들도 있다.

어떻게 그렇게 살 수 있느냐고 귀찮지 않느냐고, 설거지거
리만 늘어나는 행동이라며. 하지만 나는 아니라고 생각한
다. 어떻게 나를 위한 행동 하나하나가 귀찮을 수 있을까.

이 정도의 수고스러움과 번거로움을 거쳐 나온 식사와 디
저트를 먹기 마땅한 '나'라고 생각하면 내가 한 끼 식사를
하기 위해 거쳐온 행동과 시간은 나를 사랑해주기 위한 여
정이 된다.

그들만의 방법으로 열심히 살아가는 중이고

나는 그 방법을 조금이나마 배우고 싶어

매일매일 들여다보고 있다.

온전히 나에게 집중하는 시간을 갖기.

전날 먹고 남은 치킨과 함께 감자를 썰어 넣고

우유와 치즈, 생크림을 넣고

푹 끓인 크림스튜.

크림스튜와 함께 식빵 한 조각,

그리고 여름의 과일과 함께한 시간.

식물

식물은 내 방에서도 가장 위안이 되는 형태를 지녔다.

더불어 순간순간 변하는 모습을 보는 재미가 있는 친구다. 매일 사진을 찍어도 조금씩 다른 모습들을 보며 어느 모습이든 최고였다고 말해주고는 한다. 내가 식물들에게 해줄 수 있는 일은 물을 주고, 햇빛을 보여주고 이야기를 거는 것뿐이다.

그런 자그마한 것조차 힘으로 삼아 자라나는 식물을 보며 나도 작은 것에 감사하고 나의 자양분으로 바꾸는 굳건한 사람이 되고 싶다고 생각하곤 한다.

°
기 록
하 기

예전부터 기록하는 것을 좋아했다.

나만의 일기장부터 시작해서 인터넷을 이용했을 땐 블로
그를 통해 생각을 기록했다. 나의 추억이 많이 깃들어 있고
심심할 때 찾아보면 아, 나는 저때 저런 감정이었구나 떠올
리게 된다. 시간은 흐른다. 내가 슬퍼하고 화낸 이유도 시
간이 지나면 잊혀졌다. 좋은 기억은 추억, 나쁜 기억은 경
험으로 남는다.

모두 소중한 기억들이다.

。
좋아하는 풍경
하나쯤
마음에 품어두기

바다가 좋다.
태어날 때부터 바다는 항상 내 옆에 있었다.

나의 고향인 여수도, 지금 살고 있는 부산도 바다로 둘러싸
인 도시. 바다 안에서 항상 위로받는다. 바다를 볼 때마다
자유로운 기분에 감싸이고 보기만 해도 답답한 가슴이 뻥
뚫린다.

여름에는 캔 맥주를 하나 사서 모래사장 위에 그냥 털썩
앉아 광안대교를 바라보며 맥주를 마신다. 그렇게 여름은
매년 새롭게 다가온다.

바다와 가까이 하는 삶.
일상을 채우는 좋아하는 것들 중 하나다.

나만 알 수 있는 광안리의 일몰 시간.

해지기 전 주황빛과 핑크빛이 감도는

광안대교를 사랑한다.

바닷가에서 즐기는 피크닉.

가끔 올라오는 짠 맛이 스민 바람마저 좋았다.

우리에겐
마음을 위로하는
산책로가 필요하다

2년이 넘은 나의 갈색 자전거.

자전거를 타며 달리는 광안리 산책도로는 여름에도 봄에
도 사계절 내내 시원함을 선사하며 고민 따위는 한 번에
날려버린다.

시원한 길.
이 단순한 표현만큼 이 길을 잘 표현하는 말은 없을 것 같다.

°

따뜻하고 말랑한
동물과
함께 한다는 것

땅초는 언제나 내 곁에 있다.

잠들기 전에도, 잠에서 깼을 때도 아침에 가장 먼저 보는
땅초. 고로롱 고로롱 하는 소리를 들으면 자장가처럼 편안
해지고 말랑말랑한 발은 만지고 있노라면 스트레스가 풀린
다. 슬라임이 필요 없다.

분홍색 촉촉한 코는 뽀뽀를 할 때 입보다 먼저 닿기에 기분
좋은 감촉을 주고 항상 쫑긋거리는 귀를 따라 나도 같이 주
위의 소리에 귀를 기울이곤 한다.

땅초와 함께 하기에 인생이 더 즐겁다.

작은
취향을
놓치지 말 것

자연스럽게 흘러든 시간의 멋이

더 크게 느껴진다.

할머니의 찬장에서 꺼낸

그릇들과 찻잔들.

함께 세월을 보내면서

그윽함이 더해진 모습.

작은 취향을
외면하지
마세요

작은 취향이 주는 행복이 있다.

귀엽고 폭신한 슬리퍼를 신고
바닥을 걸어 다니면
바닥을 걷는다는 느낌보다는
좋아하는 잔디를 걷는 느낌이 든다.

작은 취향이 깃든 물건이 주는 힘.

작은
취향을
놓치지 말 것

시장에 있는 빈티지숍에서

구매한 귀여운 손수건들.

스카프로 이용하거나 밥솥 위에

얹어둘 수 있어 유용하게 쓰인다.

작은 것도 내 취향이 들어가니
어느 곳에 얹어두어도 사랑스럽게 느껴진다.
시간의 흐름이 멋스럽게 나타나는 것들.

좀 더
내가 되려면
느껴야 한다

봄이 오면 화훼단지에 가는 것을 좋아한다.

절화_{cut flower}를 사러 꽃시장에도 가지만 봄은 유난히도 식물 친구들이 반가운 날이다. 그레이스 캄파눌라, 트리초스, 에니시다. 생소하지만 이제는 익숙해질 꽃 친구들의 이름들을 한번씩 불러본다.

여러 번 부르지 않아도 마음에 담으면 기억되는 것들.

다정한
사람을
곁에 두기

취향을 공유하고 그것에 대해 말할 친구가 있다는 것.

나의 취향을 이해해주고 같이 즐겨주는 사람이 있다는 것.
그것만으로도 오손도손 내 세계를 지켜가기엔 충분하다.

작은
취향을
놓치지 말 것

。

오늘도
무탈한 하루에
감사하며

아무 생각 없이 퇴근하는 길.

아, 오늘은 별 일 없이 무사히 끝났구나- 라는 생각조차 없다.
자전거를 타고 중학생들의 학원가를 지나 마트에 들러 내가 먹
고 싶은 과일과 맥주를 사서 집으로 돌아간다.
운동을 하며 하루의 생각을 비워내고 따뜻한 물에 목욕을 하고
멍 때리며 영화 한 편을 보며 시원한 맥주를 마실 때.

그것만으로도 충분한 일상.

오롯이
그 순간에
집중하며

스스로 밥을 차려먹고 매번 나에게 대접하는 방법은 간단
하다.

최대한 재료를 적게 섞음으로써 본연의 맛을 살리고 요리
를 하는 시간을 줄인다. 그 대신 식사 시간 중에는 전자기
기와는 멀리하여 온전하게 맛을 음미하는 시간은 늘인다.
그렇게 하면 식사를 만들고, 먹는 행위로만 끝나는 게 아닌
나를 생각하는 시간, 내가 나를 위해 만든 음식에 대해 곱
씹어볼 수 있는 시간들이 만들어진다.

이런 시간들을 즐기기에 스스로 밥을 차려먹는 시간도 매
우 즐겁다.

。
마음을
쏟는 게
중요해요

본가에 있는 나의 작은 방.

그리고 세 번의 이사를 걸쳤지만 언제나 다섯 평 이상이 되
지 않는 나의 방. 하지만 나는 항상 생각한다. 마음을 쏟고
애정을 담아 그 집과 함께 한다면 언제나 그 어디의 아지트
도 생각나지 않게 하는 포근한 나의 집이 된다는 것을.

○
주말의
루틴

느슨한 하루.

주말에는 느지막이 일어나 땡초와 함께 침대에서 뒹굴다가 일어난다. 보내는 시간과 별거 아닌 것에 사진을 찍고 하품에도 즐거워하는 시간들.

작고 하찮은 시간이지만 이게 내가 삶을 보내는 방법이다.

작은
취향을
놓치지 말 것

。
짧은
기도

내가 좋아하는 것을 마음껏 누릴 수 있는 삶에 감사를.

욕심 부리지 않고 현재에 만족하며 가끔 찾아오는 행복에
기뻐할 줄 아는 사람이 되고 싶다.

。
내
영혼의
단짝

항상 내 옆에는 고양이가 있다.

아침에 눈을 뜨면 내 옆에서 내 머리카락을 가지고 장난
치고 있고 창문을 열면 재빠르게 창문틀에 올라가 바깥을
구경한다. 식사를 할 때면 책상 위에서 내가 먹는 것을 지
켜보고 있고 옷매무새를 고치는 거울 속 장면에는 나와 함
께 고양이 한 마리도 같이 있다. 라디오의 채널을 고르고
있으면 어느새 내 무릎 위로 올라와 라디오를 만지는 손에
자신의 체취를 묻히고 있다.

나의 삶이 작고 귀여운 너와 함께라서 좋아.
작은 몸이라도 내게 주는 기쁨은 그 무엇보다도 크다.

°
시간의
흔적

세월의 흔적이 지나간 물건이 좋다.

누가 사용하지 않았어도 그때만의 공기, 온도, 날씨 등이
기록되어 있는 물건을 보고 있노라면 참 멋드러진 세월을
살아온 물건이구나, 한다. 하물며 무생물인 물건도 세월을
지나온 자체로도 멋있는데 나라고 못할 게 뭐가 있나.

더욱더 나의 지나온 흔적들을 아끼고 사랑해줘야지.

직접 만든 딸기절임과

요거트와 카페라떼

그리고 디저트까지

내가 주말을 보내는,

가장 좋아하는 방법 중 하나다.

가장 좋아하는 영화는 〈리틀 포레스트〉.

영화를 보며 거기에 나오는 음식들을

하나씩 따라 만들어서 먹는 건

정말이지 재밌고도 흥미로운 일이다.

CHAPTER

2
....

혼자 살아보는
낭만에 대하여

사람들은 제각각 나름의 즐기는 시간이 있다.
어떤 사람은 게임을 할 테고 운동을 하기도 한다.

다들 좋아하는 것을 하며 스트레스를 풀며
혼자만의 시간을 즐긴다.

내가 가장 좋아하는 시간은 집에서 혼자 보내는 시간이다.
그중에서도 가장 좋아하는 것은 '디저트 타임'.

좋아하는 디저트 가게에서 사온 다쿠아즈를 먹거나
홈메이드 스콘, 혹은 마들렌을 먹는다.

원두를 갈아서 커피를 내리고 천천히 향을 맡으며
내려오는 커피 방울을 볼 때 이 시간이 좋다, 라고 몇 번이나 되뇌인다.

처음부터 끝까지 내 손으로 나를 위해 대접하는 디저트 타임으로
나를 위로하고 나를 존중하는 시간을 갖는다.

°
혼자
산다는
것

스물세 살, 의도치 않게 자취를 시작했다.

처음으로 엄마와 동생, 본가에 있는 고양이 '나무'와 떨어
져 사는 것이다. 나는 혼자 살기 전까지 이렇게 많은 것들
을 내가 책임져야 하는지 몰랐다. 어떤 쓰레기를 어느 요일
에 버려야 하는지 음식물 쓰레기는 어떻게 처리하는지부
터, 문을 열지도 않았는데 벌레는 어디서 들어오고 샴푸와
린스와 세제는 어쩜 그렇게 동시에 똑 떨어지는지. 화장지
도 마찬가지였고.

그리고 세 번째 집, 나는 자취 3년차가 되었다. 당황스러움
에 허둥대던 자취러가 아닌, 처음 맞는 상황도 생활의 즐거
움으로 바꿀 줄 아는 어엿한 자취러가 되었다.

사진조차 많이 없는 나의 첫 번째 자취방.

급하게 방을 구했기에 방 구조는 처음 보는 요상한 형태였고

해가 전혀 들지 않는 북향의 집이었다.

가끔 드는 빛이라고는

맞은편 건물의 유리에 반사되는 햇빛뿐.

°
엉망이었던
나의 첫 자취를
생각하며

첫 번째 자취방에서는 생필품을 사기에 바빴다.

나는 사람 한 명이 살아가는 데 이렇게 많은 돈이 들어가
는지 몰랐다. 지금까지 치약은 땅에서 솟아나고 샴푸는 하
늘에서 내려왔던 건가? 어떻게 그렇게 매일매일 내가 손을
대지 않아도 다 쓴 물건들이 저절로 새것으로 놓여 있던
건지. 내가 먹은 음식물에서 나온 잔반을 버려봤던가. 어떤
음식물은 일반쓰레기로 취급이 되는지 알아야 했던 적이
있던가. 당연히 없었다.

하지만 세상에 당연히는 없었고 혼자 살아가기로 한 이상
나는 위에 적힌 것보다 더 많은 사실을 깨닫고 알아가야만
했다.
난 우물 안 개구리였다. 아니 우물도 아닌 우물 밑바닥에서

살아가고 있었던 것이다.

자취를 함으로써 나는 강제로 우물 밖으로 끌려간 느낌이
었다. 우물 밖의 세상은 내가 알아야 하는 것들이 많았고
책임지고 지켜야 할 것들이 더 많았다.

이런 나날이 지속되고 적응을 하다 보니 어느새 1년이란
시간이 지나가 있었다.

두 번째 자취방은 나름 1년차라고
만족스러운 방을 구했고 이때부터
온전한 내 방을 누렸다.

。
아름다움이
조금씩
채워지다

두 번째 자취방은 보증금도 더 모아서 이사 갔다.

더 넓어지고 베란다도 생긴 만큼 월세도 비싸졌지만 나의
만족감도 높아졌다. 내가 처음으로 100퍼센트 만족하여 구
한 방이기에 애정도 컸고, 집에서 보내는 시간이 많아졌다.
집에 있는 시간만 많고 이렇다 할 취미거리가 없었는데, 어
느 날 문득 선물 받은 원두와 드립세트가 눈에 들어왔다.

커피를 좋아하는 나를 위해 친구가 생일 선물로 준 드립세
트들. 한 번도 드립커피를 내려본 적이 없지만 '푸어 드립'
이라며 어설프게 내려먹은 커피는 그럭저럭 괜찮았다. '나
만의 방식으로''내 손으로 직접'이라는 점이 가장 만족스러
웠던 것 같다.

그리하여 나의 홈 카페가 시작되었고 집에 더 애정을 가
진 계기가 되었다. 애정이 생겨나자 나의 취향으로 더 꾸
미고 채워나갔고 집이 내게 주는 위안감과 행복은 비할
데 없이 커져갔다.

세 번째 자취방,

거주지도 옮기면서 새롭게 탄생한 분위기.

。
창밖
풍경

광안리를 좋아하는 나는 걸어서 10분이면 바다를 볼 수 있
는 곳으로 이사갔다. 이곳이 나의 세 번째 자취방이다.

거주지도 옮기면서 많은 가구들과 잡동사니도 버리고 이사
해온 집이라 가벼운 마음으로 시작할 수 있었다. 내가 좋아
하는 광안리 바닷가도 근처에 있었고 남향이라 넓은 창으
로 햇빛이 가득 들어와 하루 종일 햇빛을 누릴 수 있었다.
땡초도 큰 창문 너머로 재미있는 세상을 볼 수 있었고 나 또
한 뜨는 해와 지는 해를 볼 수 있는 창밖 풍경에 감사했다.

애정이 깊어지는 나의 집들, 아직은 1년마다 집이 바뀌는
떠돌이 생활이지만 뭐 어떤가. 그 전까지는 더 많은 사랑과
큰 관심을 쏟아부어줄 수 있으니 난 그저 만족스럽다.

。
혼자
보내는
연말연시

처음으로 혼자 보냈던 12월 31일과 1월 1일 자축하는 의미
로 가장 좋아하는 카페에서 컵케이크를 사왔다. 그때 초를
불며 빌었던 소원은 '적당히 평범하고 잘 살자'였다.
아무래도 촛불이 소원을 들어준 것 같다.

。
대단하지 않지만
하고 싶은 걸
하며 살기

고양이와 식물, 꽃, 커피를 좋아해서 집에서 혼자 노는 것을 좋아한다.

밖으로 커피도 마시러 다니고 카페 투어도 많이 하지만, 요새는 집에서 즐기는 커피와 디저트가 더 좋다. 이런 좋은 시간을 사진으로만 남기는 것이 아쉬워서 최근에는 동영상으로 찍어서 따로 편집해서 브이로그를 만들고 있다.
하고 싶은 걸 마음대로 할 수 있는 이 공간이 너무 좋다. 행복한 자취 라이프!

모든 것이 그렇지만, 영상을 찍고 다듬고 올리고 내 일상에 공감해주는 모습을 보는 이 모든 과정이 다 좋을 수만은 없었다. 하지만 좋은 감정을 받은 적이 더 많다고 고백하고 싶다.

그렇게 싫었던 기억은 금방 잊혀지고, 그래 이것도 어떻게
보면 경험이지, 하고 생각되는 요즘이다.
그래, 모든 건 다 경험이니까.

。
모든 게 다
좋을 수는
없다

모든 집이 다 만족스러울 수는 없다.

하지만 불만족스러운 조건에 불평을 하기보다는 그것을 이용하고 내가 좋아하는 것들로 채워 느끼는 행복에 더 중심을 두기로 하자.

그렇게 하다 보면 어느새 불만스러웠던 것들은 물 흐르듯이 자연스럽게 사라지고 내가 좋아하고 사랑하는 것들만 가득찬 집이 완성될 테니까.

°
잠들기
루틴

커피 말고 와인을 즐기는 시간.

복잡한 생각이 들 때 잠이 들면 모든 것을 잊어버리지만 잠
들기까지의 과정이 힘들 때가 있다.
그때는 따뜻한 물에 샤워한 후에 시원한 와인 한 잔을 마시
면 마법같이 잠이 쏟아지고는 한다.

와인을 즐기다 보면 어느새 고민들도 같이 넘어가버리는 밤.

책상을 굳이 공부하는 용도로만 써야 하나.

나는 책상을 거의 커피 마시며 브런치 먹는 테이블,

독서하는 용도로 사용하고 있다.

넉넉한 사이즈이기 때문에 커피를 마실 때

필요한 도구를 모두 가져다놓아도 여유 있어서 편리하다.

가구는 나의 환경에 맞추어 쓰기 마련이다.

。
하루쯤
아무것도
하지 않기

나도 집에 돌아오면 무조건 침대 위로 다이빙한다.

침대 위에서 땡초가 누워 있던 자리의 따뜻함도 느끼고 휴
대폰을 보면서 밀려 있던 소식도 보고 나면 한두 시간이 훌
쩍 지나간다. 그렇게 하루를 보내는 일도 있다. 아무것도
하지 않는 하루.

꼭 무엇을 해야 한다는 강박감에 시달리기보다 하루 정도
는 나를 내려놓고 쉬는 하루도 필요하다.

믿고
의지하는
우리

땡초와는 항상 함께 잠을 같이 잔다.

자다가 잠깐 잠이 깨서 보면 가끔 책상에서 나를 바라볼 때도 있다. 그 눈빛이 주는 편안함이 있지만 역시 내 다리 사이에서 자는 땡초가 있을 때 가장 편안한 침대가 된다.

작약을 질투하는 고양이.

4월의 작약은 굉장히 향기롭고

은은한 향을 풍긴다.

활짝 피면 어느 향초든 디퓨저든

무색해지는 향기와 무드.

햇빛을
아름답게
감상하는 방법

항상 레이스 커튼을 창가에 걸어둔다.

내가 가장 좋아하는 햇빛을 가장 예쁘게 볼 수 있기 때문이다. 햇빛이야 보는 것만으로도 좋지만 그 순간을 더 아름답게 담아둔다면 더할 나위 없이 좋으니까.

아침에 눈을 뜰 때도 햇빛만 좋다면 항상 기분 좋게 일어나진다. 창문을 열 때 눈이 부시게 나를 반겨주는 햇빛을 즐긴다.

。
집을
한껏 즐기는
방법

가끔 날이 좋은 날엔 일부러 밖에 나가지 않는다.

햇빛이 좋을 때 밖에 나가서 사진도 찍고 야외테라스에서
커피도 마시고 싶다. 하지만 햇빛이 잘 들어오는 우리 집에
서 보내는 하루도 괜찮다.

좋아하는 떡볶이를 만들어 먹고, 대청소도 한 다음에 평일
에는 절대 잘 수 없는 3시의 낮잠을 잔다. 한 시간 정도 자
고 일어난 뒤에는 문을 열고 선선한 바람을 만끽하며 커피
와 마카롱을 준비한다.
책상 맞은편 창문에서 들어오는 바람 덕분에 더 맛있는 커피.

"화창한 날의 집을 좋아하세요?"라고 묻는다면 당연히 "예
스."다.

일상을
꼼꼼히 기록할 것

눈으로 한 번, 마음으로 한 번.
좋아하는 순간을 흠뻑 느끼자.

그러고 나서 기록하자.
마음에 드는 다이어리에,
휴대폰 카메라에,
그게 아니더라도 어디든 무엇에라도.

모아보면 더 뚜렷이 보이는 법이다.

내가 어떤 사람인지,
무엇을 좋아하는지,
나라는 사람은 어떤 스타일인지 알고 싶다면,
기록하고 모으고 다시 보자.

그렇다면 더 또렷하게 더 자세하게
드러나는 무언가가 있을 것이다, 분명.

내일과 오늘이
같더라도
다른 일상

남향의 네 번째 집은
하루 종일 햇빛이 은은하게 들어온다.

。
소비하지 않아도
집에서 즐길 수 있는
소확행

1. 다이어리 정리하기. 스티커나 마스킹테이프를 이용해
   일정을 정리하거나 좋았던 날의 영수증을 붙인다.
2. 대청소하면서 이불과 바닥에 붙어 있는 머리카락과 고
   양이털을 한 올도 남기지 않고 정리한다.
3. 즐겨듣는 오후의 라디오 채널을 틀고 푹신한 침대에 누
   워서 아무 생각 없이 듣는다.
4. 낮잠 잔다.

°
꾸준하게
가꿔주세요

내게 어떻게 식물을 그렇게 잘 키우느냐고 묻고는 한다.

난 식물을 잘 키우는 게 아니고 천국으로 보내지 않을 뿐이다. 그 방법은 정말 간단하다. 두 가지만 지킨다.

일주일에 한 번은 꼭, 물을 주기!
우리집에서 이 식물 친구들이 가장 잘 자라고 맞는 장소를 찾아주기.

여기서 더 신경 써준다면 식물의 이름을 검색해 양지식물인지 음지식물인지만 알고 체크해도 친구들이 곁을 떠나는 일은 없는 것이다.

。
어디에나
기쁨은
있기 마련

고양이의 발은 어디에 있든 귀엽다.

이불에 가지런히 올라와 있거나 창문의 창틀에 끼어 있거나 식빵 자세에 가려 보이지 않을 때도 항상 귀여운 발.

그중에서도 난 침대 위에 올라와 있는 고양이의 발이 가장 좋다. 이불의 푹신함과 고양이 발바닥 젤리의 푹신함이 시너지 효과가 되어 귀여움이 두 배나 되니까!

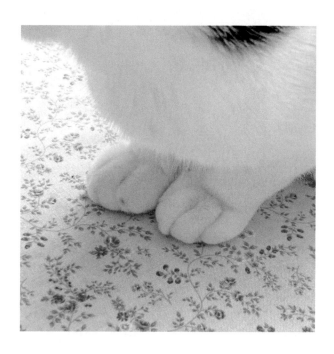

빨간 열매를 잔뜩 피워냈던

오렌지자스민의 그림자.

내가 좋아하는
자취방에서의 새벽 무드.

하루의
모든 시간을
즐기기

햇빛이 잘 드는 집도 좋지만
새벽에 천장의 등을 끄고 간접조명만 켜고 있는 집도 괜찮다.

전생에 나방이었나 싶을 정도로 노란빛이 나는 조명을 사
서 모으는 취미가 있다. 그중에서도 가장 마음에 드는 건
방 왼쪽에 있는 장 스탠드와 캔들워머다. 두 개 다 적당한
빛을 내뿜으며 잠들기 딱 좋은 분위기를 만들어준다.

잠이 오지 않다가도 잠이 쏟아지는 그런 편안한 분위기. 그
래서인지 새벽에는 더 작업도 되지 않고 그 공기를 느끼고
싶을 때가 많다.

。
작은 것들을
모으면
내가 보인다

나의 집 화장실 앞에 붙어 있는 은방울꽃 비즈발.
작은 소품까지 취향을 담다 보니 새로운 취향을 발견할 수
도 있었다.
작은 소품 하나를 발견하는 것으로 새로운 나를 발견할 수
도 있다.

。
내 마음이
숨 쉴
공간

밖에서 받은 스트레스나 슬픔을 잊게 해주고 좋은 기억만
남는 공간.

그런 공간이 세상에 하나쯤은 있으면 좋겠다고 생각했다.
예전엔 카페가 그런 공간이었다. 카페에서 즐겁게 수다를
떨고 사진을 찍다 보면 어느새 마음속엔 즐거운 감정만이
남아 있었다.

지금은 자취방이 그런 공간이 되었다. 나만의 카페를 열어
내가 좋아하는 커피를 즐길 수 있고 사랑하는 나의 고양이도
있고 무엇이든 하고 만들어낼 수 있는 다섯 평 남짓한 공간.

이 공간은 세상 어느 곳에도 없고 오로지 나만을 위해 존재
하는 단 하나의 장소다.

혼자
살아보는
낭만에 대하여

°
모이면
풍성해진다

방 안을 따뜻하게 채우는 건 따뜻한 조명만이 아니다.

작은 소품들.
뭉게뭉게한 구름솜 같은 이불과 베개 그리고 따뜻한 체온.

여러 가지가 하나의 따스함을 만들어주더라.

겨울에 자주 이용하는

따뜻한 레이스케이프와 귀도리.

춥지 않은 겨울을 보낼 수 있는 이유들.

。
오늘을
정리
하다

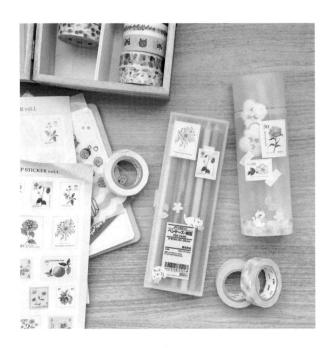

다이어리 정리는 어디서나 할 수 있는 스트레스 해소법이다.

영수증, 볼펜과 마스킹테이프, 그리고 다이어리 하나면 나의 이야기를 써내려 갈 수 있다.

기분 좋은 추억이라면 다시 회상하고 나빴던 기억은 경험이라며 생각하며 글을 적어본다.

작은 취미
여러 개
갖기

몇 번의 이사를 거치고도 포기할 수 없는 취미 중 하나는
향초 모으기다.

군이 향초에 불을 붙이지 않아도 좋다. 파스텔 색감과 오브
제만으로도 은은한 향기를 맡을 수 있다.

향기를 수집하는 즐거움이다.

˚
내 일
할 일

잠들기 전에 했던 일은 내일 할 일을 미리 적어두는 것이었다.
나의 귀찮음과 깜박하는 성향을 그나마 완화시켜 주던 것
은 To Do List.
To Do List를 다 써갈 때마다 새로 사는 즐거움이 있다.

우리의 작은 즐거움을 잊지 말고 누리기를.

햇빛이 내리쬐는 창가를 즐기는

주말의 고양이.

햇빛과 함께하는

주말의 점심 식사.

눈에 띄던
새빨간
장미

남천 해변시장을 지나 광안리 산책도로로 걸어갈 때쯤 꽃
을 파는 가게가 하나 보인다.

항상 비슷한 종류의 꽃들이 진열되어 있었지만, 매번 유혹
에 못이겨 나 역시 가게 앞에 늘상 보이던 꽃을 구매하곤
했다.

매번 사도 집에 꽂아두고 싶은 새빨간 장미는 언제나 나의
발걸음을 멈추게 했다.

。
사는
일은
정성이다

꽃은 인테리어 소품으로도 좋지만, 피고 지는 것을 보는 즐거움도 준다.

꽃병의 물을 자주 갈아주고 청소해준다면 꽃을 더 오래 볼 수 있다. 귀찮음을 이기지 못해 꽃의 물을 갈아주지 않는다면 어여쁜 꽃을 아주 짧은 순간만 누리게 된다. 이런 일을 접할 때마다 느낀다.

언제나 모든 것에 정성을 쏟아야 한다고.

절임
요리
레시피

심심할 땐 집에서 간단한 절임요리를 만들곤 한다.
피클을 만들기도 하고 토마토를 많이 사두고는 입에 물릴
때쯤 허니토마토절임을 만든다. 우선 방울토마토 20~25알
을 준비한다.

How to make

1 토마토의 꼭지 부분을 떼고, 십자 모양으로 칼집을 낸다.

2 냄비에 토마토를 넣고 토마토가 잠길 정도로 물을 넣어주고 설탕 세 스푼을 넣고 끓여준다.

3 20~30분 정도 끓이고 찬물에 바로 옮겨 담아주고 토마토 껍질을 벗긴다.

4 소독한 유리병에 토마토를 끓인 물 1/3만 차게 해주고 껍질을 깐 토마토를 넣고 설탕 두 스푼을 더 넣어준다.

5 하루 정도 냉장고에 두고 얼음과 함께 먹으면 달콤한 허니토마토절임 완성.

。
나는
어떤 집을
원하는 걸까?

내게 집이 어떤 의미냐고 묻는다면 한마디로 정의할 수 있다

"내가 당장 내일 눈을 죽더라도 편안하게 감을 수 있는 곳."

내가 아침에 눈을 뜨고 여기서 잠들 듯이 생의 마지막 또한
내 집에서 보내고 싶다. 또한, 무엇이든 할 수 있는 곳. 드립
커피를 모르던 내가 어느새 원두를 갈고 커피를 내리고 있
고 베이킹도 모르던 손이 마들렌, 스콘, 파운드케이크를 만
들고 있다.

새로운 나를 찾게 해주고 취미를 알게 해주는 곳.
나의 집.

그래도 가끔은 내가 좋아하는 디저트 가게에서

3색 초코 쿠키와 얼그레이 초코 마카롱을

먹는 시간도 나쁘지 않다.

오히려 더 좋을 때도 있다.

뭐니뭐니 해도 제일 좋아하는

핑크색 체크잠옷을 입고,

다크 캡슐로 아이스 카페라떼를 내리고

집에서 디저트 먹는 일들이

세상 최고로 행복하다.

CHAPTER

3

인 생 을
내 취 향 으 로
꾸 미 기

그러니까, 중요한 건
반복되는 생활 속에서 나만의 작은 규칙을
즐기는 일이었던 셈이다.
자기 전 하루의 긴장을 풀어줄
허브티를 마시는 별거 아닌 일들.

라디오를 틀어놓고
내일 할 일을 정리하는 소소한 할 일.

주말 오전, 늦잠을 즐겼다면
창문을 한껏 열고
방을 환기시키며 그날의 날씨를 즐기는
그런 일상적인 일들.

내 생활을
온전히 내가 이끌어간다는 느낌은
일상의 활력을 준다는 사실.

내가 나를 위한 활동을 중요하게 여기는 이유다.

。
한 시간쯤은
나를
위해서

주말에는 꼭 여유로운 혼자만의 시간을 가지고자 한다.

한 시간도 안 되는 시간이더라도 오롯이 나를 위한 그 시
간 동안 생각을 정리하는데 이 단 한 시간이 다음 날에 더
힘낼 수 있는 이유가 된다.

비 오는 날에는 커피보다는 홍차가 마시고 싶다.

습기로 인해서 홍차 향이

더욱더 진해지는 방 안에 있으면

좋아하지 않는 비 오는 날조차도 좋아진다.

마시는
즐거움

아침에는 잠에서 깨기 위한 아이스 카페라떼.

점심에는 식사를 하고 산책하며 아이스 아메리카노를 마신다. 날씨가 좋은 날에는 항상 집에서 드립커피를 마시고 싶다.

가장 즐겨먹는 원두는 '히떼로스터리'의 리볼브 원두로, 진한 카페오레를 내려 먹으면 부드럽고 목넘김이 좋은 한 잔이 완성이 된다. 비가 오는 날 아침에는 얼그레이 브랙퍼스트, 향이 진해서 습기가 많은 날에 마시면 향이 짙어서 좋다.

그때의 분위기와 날씨에 따라 달라지는 마시는 즐거움들.

인생을
내 취향으로
꾸미기

。
나를
위로하는
혼술

혼자 마시는 술도 좋아한다.

맥주나 와인을 자기 전에 한잔씩 마시면서 책을 보면 내용
이 더 오래 남는다. 취기로 인해 올라가는 텐션 때문인지
책의 구절들이 머리에 잘 들어온다. 그리고 일기도 쓰는데
기분 나빴던 일도 좋은 일처럼, 아예 기억나지 않는 듯 쓸
수가 있어서 자주 마시진 않더라도 어쩌다 마시는 한잔은
인생의 활력이 된다.

나를 위한 낭만 하나가 쌓이는 순간이다.

인생을
내 취향으로
꾸미기

프랑스
자수로 몰입하는
시간

잡념을 잊고 싶다면 무언가에 몰두하는 게 좋다.

커피를 내리는 방법도 있지만 나는 프랑스 자수를 놓을 때
도 있다. 한 땀을 수놓기 위해서는 어떠한 생각도 하지 않고
오로지 그 바늘과 실, 천의 관계만 생각해야 하기 때문에 아
무런 생각도 하지 않고 시간을 흘려 보내기에 제격이다.

완성되어 가고 있는 프랑스 자수 달력들.

한 도안을 완성할 때마다

뿌듯하고 목표를 이뤘다는 성취감이 들기에

놓을 수 없는 행복한 시간.

°
나의
작고
행복한 시간들

소확행은 굳이 돈을 써야 얻을 수 있는 것이 아니다.

자기 전에 다이어리 쓰기.
이불커버를 빨아서 뜨거운 햇빛에 말려서 바스락거리는 침
대로 만들기.
내가 먹고 싶은 음식 만들기 커피와 어울리는 구움과자 굽기.

소비하지 않아도 나의 작은 행복을 담당하는 것들.

。
내 삶을
아름답게
장식하기

꾸며진 삶을 사는 게 아니냐고 사람들은 말하곤 했다.

나는 내 삶을 꾸미고 살고 싶다. 한 번 사는 인생 이렇게도 저렇게도 가꾸어보고 꾸며보고 살면 괜찮다고 생각하기에 내 방을 내 취향들로 가득 차게 꾸며보고 간단한 한 끼라도 접시에 차려먹고는 했다.

이렇게 나를 위해 준비하는 시간이 내게는 내 삶을 살아가고 꾸미는 방식이다.

남향인 집이기 때문에

하루종일 햇빛이 들지만

이렇게 식물과 꽃이 가장 빛나는

점심의 햇빛을 가장 좋아한다.

어느 날의 티타임.

직접 만든 스콘과 좋아하는 카페의 드립백으로

가득 채운 시간들.

。
행복의
레시피
에그샐러드 샌드위치

내일과 오늘이
같더라도
다른 일상

How to make

1 한 사람이 먹을 기준으로 계란을 두 개 삶는다.

2 다 삶은 계란껍질을 까서 마요네즈와 약간의 후추와 소금
을 넣고 섞는다.

3 토스트기에 3분동안 구운 식빵에 계란 샐러드를 올린다.

4 다른 한 쪽에는 홀그레인 머스타드를 바른 뒤 샐러드를
올려준 식빵 위에 덮어준다.

5 반으로 자른다.

6 맛있게 먹으면 완성.

인생을
내 취향으로
꾸미기

모든 순간을
온전히
느끼기

얼그레이 마들렌을 직접 구우면 먹는 재미도 있지만, 촉감
역시 놓칠 수 없는 재미가 된다.

반죽에서 올라오는 작은 얼그레이티 향과 버터를 자를 때
느껴지는 부드러운 촉감. 반죽을 오븐에 넣으면 집 안 전체
가 얼그레이 향으로 가득 찬다. 가끔 집이 얼그레이 향으로
몽글몽글해지는 분위기가 좋아 마들렌을 굽기도 한다.

당신은 스스로를 위해
얼마나
시간을 내나요?

어떤 시간을 보내든 그 시간의 중심 속에 내가 있는 것만으
로도 나를 위한 위로의 시간이 된다.

오롯이 나만을 위해 쓰는 시간이 별로 없는 만큼 그 시간에
최선을 다함으로써 나는 내게 더 집중할 수 있다.

시원한 아이스 카페라떼
한 잔이 주는 여유로움.

당신의 행동이
불러올
또 다른 취향

커피를 좋아하게 된 건 그렇게 오래되지 않았다.

처음에는 잠을 깨고 싶어 카페인 때문에 한두 잔 챙겨먹은
것이 어느새 원두를 가리며 커피를 주문하게 되었다. 커피
라는 음료 하나가 또 다른 취미를 만들어주었다. 이런 작은
행동 하나가 큰 반경을 만들고 그 반경을 즐기는 나는 스트
레스 해소하는 구멍을 하나 더 찾은 셈이다.

하나의 행동이 어떤 효과를 불러올지 모르기에 모든 것을
소중히 대하게 된다.

。
사랑 받고
싶은
마음

사랑 받고 자란 사람들은 티가 난다고 한다.

그 사랑이 굳이 타인에게 받아야만 할까?
내가 나에게 주는 사랑이면 충분하다.

언젠가 카페를 하게 될 날을 꿈꾸며
연습하는 구움과자들.
이번엔 레몬향이 가득한
마들렌을 굽는 시간을 가졌다.

。

결국
나에게
집중하기

.

부동산에 가면 기분이 좋아지도록 달콤한 믹스커피를 준다
고 했던가.

빵집에 가면 문 앞에서부터 풍겨오는 버터향 때문에 기분
이 좋아져 빵 과소비를 하고는 했다. 나도 집에서 빵 냄새
만 나면 기분이 좋아지고 괜스레 내일 아침에 즐길 아침 식
사 겸 커피타임을 더 기대하게 된다. 다음 베이킹은 어떤
걸 할지 다른 재료가 더 필요하지는 않을지 생각한다.

필요 없는 잡념을 지우기에 좋은 시간.
행복한 상상이 꼬리에 꼬리를 문다.

인생을
내 취향으로
꾸미기

。
초코
마들렌
레시피

How to make

1 박력분과 코코아가루, 소금 및 베이킹파우더는 체에 쳐서 내려준다.

2 체에 걸러진 가루들과 설탕을 넣고 섞어준다.

3 모든 가루류가 섞인 보울에 계란 세 개를 넣고 섞어준다.

4 전자레인지나 오븐에 돌린 버터를 넣어준다.

5 한꺼번에 넣는게 아닌 두세 번에 나누어 넣어준다.

6 반죽이 완성되면 30분 이상 냉장고에서 휴지시켜 준다.

7 마들렌 팬에 버터를 발라주고 반죽은 팬의 80퍼센트 정도만 짜준다.

8 180도에 5분 정도 예열한 오븐에 170도로 15분 구워준다.

9 반죽을 젓가락으로 찔러보았을 때 반죽이 묻어나오지 않으면 완성.

Ingredients

박력분	180g	청크 초콜렛	80g
코코아가루	20g	설탕	140g
계란	3개	베이킹파우더	5g
버터	190g	소금	한 꼬집

오랜만에 초코향이 집안 가득했던 날.
초코 마들렌과 초코 머핀을 함께 구웠고 그날 새벽은 집 안
에 버터향기과 초코향만이 가득했다. 다 먹지도 못할 양이
기에 포장해서 직장 동료들과 남자 친구에게 나눠주었고
잠시나마 카페 사장님들의 마음을 느낄 수 있었다.

집 중 하 는
평 온 한
시 간

식사를 할 때는 되도록이면 휴대폰이나 노트북을 보지
않으려 한다.

내가 만든 음식을 천천히 씹으며 맛을 온전하게 느끼고
싶은데, 전자기기와 함께 식사를 하면 그곳으로 집중이
쏠리기 때문이다. 그러다 보면 어느샌가 음식을 빨리 씹
고 넘겨버리기에 햇빛과 함께한 식사의 잔향이 입에 남
지 않는다. 그래서 나는 두 가지를 함께 실천하고 있다.

창문을 열고 바깥 공기와 하늘을 보며 식사하기.
라디오를 클래식 채널 주파수에 맞추고 알지도 모르는
클래식을 들으며 식사하기.

아-무런 생각 없는 평온하고 고요한 시간이다.

。
내가
좋아하는
작은 것

집에 있는 시간이 길어지다 보면 다양한 취미를 경험하기 마련이다. 고3 입시 생활에는 하기 싫어 했던 그림 그리기를 자발적으로 할 만큼 집에서 보내는 시간에 푹 빠졌다.

물이나 붓을 필요로 하지 않는 간단한 오일 파스텔은 언제 어디서든 추억을 극대화하기 좋은 도구다.

내가 가장 좋아하는 시간과 물건들을 나만의 방식으로 간직하게 좋은, 그림 그리기.

이것만큼은
참
잘했어

올해 가장 잘한 일 5순위 안에 드는 것.

밤에 언제든 시원한 아메리카노를 마실 수 있도록 디카페
인 커피를 산 것.
땡초를 닮은 유리컵을 산 것.
유리컵을 땡초에게 보여주며 "땡초가 두 마리네~"라고 웃
을 일이 생겼기에.

겨울에 볼 수 있는 버터플라이 라넌큘레스.

내가 가장 좋아하는 꽃이다.

주말의
행복

누구에게나 그렇듯 내게도 금요일은 주말을 앞둔 요일이라
좋다.

여기에 내 기대감을 한층 높여주는 것이 있다면, 금요일 퇴
근 후 주말 동안 곁에 둘 꽃을 사러 갈 수 있다는 것.

'어떤 꽃을 꽂아두면 좋을까?'
머릿속으로 자취방에 이 꽃 저 꽃을 꽂아두는 상상을 한다.

그 상상만으로도 금요일 하루는 금방 흘러가고 퇴근 후에
퇴근 후에는 내일 꽃시장을 가서 어떤 꽃을 살지 고민한다.
포근한 침대에 누워서 하는 행복한 상상. 작은 행복을 얻는
간편한 방법이 있다.

당신 역시 그런 행복을 하나쯤 품은 사람이기를.

。
식물을
곁에
둔다

식물을 둔다는 것은 단순 인테리어를 위함은 아니다.

그들의 삶을 지켜보는 일이 즐겁고 그로부터 본받을 점이
많기 때문이다. 셀렘은 작년에 큰 화분으로 옮겨주었다. 큰
화분으로 옮겨주니 더 크게 자라면서 새 이파리들이 무성
하게 돋기 시작했다. 셀렘을 보며 식물이든 사람이든 큰 그
릇을 갖고 있어야 한다고 생각한다.

스파티필름은 깜박하고 물을 주지 않으면 축 하고 늘어진
다. 하지만 물을 주면 금세 언제 그랬냐는 듯이 꼿꼿하게
몸을 세운다. 스파티필름을 보며 나도 저렇게 고단한 지난
날은 털어내고 다시 생생해지는 사람이 되고 싶다고 생각
한다.

트리초스는 한도 끝도 없이 자란다. 나의 손길이 크게 닿지 않아도 스스로 최선을 다해 계속 잎을 뻗어나간다. 누군가의 도움 없이도 나 자신이 중심이 되어 최선을 다하는 사람이 되고픈 나.

작지만 분명 본받을 점이 많은 반려식물 속에서 오늘도 깨달음을 얻는다.

일부러 만드는
나만의 시간

사실 여유를 만든다는 게 쉽지만은 않다.

사람에, 일에, 공부에, 생활에 치이다 보면
어느새 몸은 녹초가 되어 있고
자야 할 시간은 이미 지나 있다.
부랴부랴 쓰러지듯 잠자리에 드는 것이다.

식물을 키우면서
나는 억지로라도 시간을 내는 일의 의미를 알게 됐다.

다시 말해,
돌보는 법을 알게 됐다.

시시때때로 이 화분을 옮겨
해를 듬뿍 쬐어주고,

너무 건조해지지 않게
적당한 시기에 적당히 물을 주고,

먼지가 쌓이지 않도록
다정히 잎을 닦아주고.

내게도 역시 이런 정성이 필요했다.
약간의 수고를 들여
내 마음을 지킬 수 있도록.

°
자전거
타는
시간

첫 자취를 시작하며 자전거도 함께 샀다.

아침잠이 매우 많은 나는 5분 거리의 학교 가는 시간도 아
끼고자 저렴한 노란색 자전거를 선택했다. 단순히 학교가
기 위해 구매한 자전거는 그 이상의 의미로 다가왔다.

광안리의 노을이 보고 싶을 때, 맑은 하늘이 보고 싶을 때
언제든 빠르게 달려갈 수 있는 이동수단이 되었다. 걸어서
가자면 멀고 버스를 타기엔 너무 가까운 목적지라면, 버스
로 갈까 도보로 갈까 고민할 필요도 없이 자전거를 타고
달렸다.

자전거를 타고 골목을 누빌 때, 여름에는 시원한 바람이 겨
울에는 스산한 바람이 내 몸을 스쳤고, 어느 바람이든 그

신선함 덕에 답답한 마음을 해방시키는 기분이었다.

바람과 앉아 쉴 흰 천만 있다면 어디든 갈 수 있는 사람이
곁에 있다.
그와 함께 나 또한 바람과 자전거만 있으면 어디든 갈 수
있을 것 같다.

°
기분 좋았던
순간을
잊지 않기를

나의 인생 터닝포인트라 부를 수 있는 순간이 세 번 있었다.

첫 번째는 고등학교 3학년 시절 부산으로 이사를 온 것이
었고 두 번째는 스물세 살에 처음 자취를 시작한 것. 세 번
째는 두 번째 자취방에서 시작한 홈 카페다. 커피를 좋아하
게 될 무렵 스스로 만들어 먹는 드립커피와 디저트는 내게
짜릿한 기분을 주었다.

"내가 카페에서만 느낄 수 있었던 이런 기분 좋은 감정을
집에서도 느낄 수 있다니."

기분 좋아지는 환경은 찾고 또 찾는다고 발견되는 게 아닐
수 있다.
설레는 환경을 나 스스로 마련해보는 경험도 색다른 것이다.

그로 인해 일상을 보여주며 사는 또 다른 터닝포인트가 찾
아왔다.

고양이가 있어
아름다운 순간

햇빛이 잘 들고, 창문이 큰 집을 좋아한다.

내 취향이기도 하지만 밖을 나가지 않는 땡초에게
바깥세상을 보여주고 싶어서다.
고양이들에게는 창문 너머의 풍경이
우리가 TV를 보는 것과 비슷하다고 하다.
우리가 심심하면 TV를 켜서 세상을 보듯이
땡초도 내가 없는 시간에 지루할 때는 창문을 보며
지루함과 외로움을 잊어버렸으면.

°
놓치지 않아
행복한
인연

2017년 8월 17일 땡초가 처음 곁으로 온 날.

고양이의 이름은 무엇으로 하지, 하고 데려가다가 처음으
로 본 단어는 '땡초김밥'이었다.
고양이는 검정색과 하얀색 털을 지니고 있었고, 김밥도 검
정색 김과 하얀색 쌀로 되어 있지 않은가. 그래서 그냥 땡
초라고 지었다. 땡초는 마음에 들지 않았을지도 모르지만
그때의 나는 굉장한 작명이라며 재밌어했다.

2년이 지난 지금, 땡초는 이름을 부르면 무시하는 고양이
가 되었다. 간식을 손에 들고 있으면 이름을 부르지 않아도
온다.

그래도 언제나 내 옆에 있어줘서 고마운 나의 고양이이자
친구, 동생.

외 출
방 해 자

내일과 오늘이
같더라도
다른 일상

외출하기 전에 그날 입을 옷을 침대 위에 놓아둔다.
그럴 때면 항상 땡초는 내가 외출하는 것이 탐탁치않은지
항상 옷 주변을 맴돌거나 옷 위에 올라가 식빵을 굽는다.

재밌게도 옷을 꺼내기 전까지는 절대 나오지 않는다. 특정
한 옷의 감촉이 좋은 걸까 생각했지만 모든 옷에 다 올라가
는 것을 보니 내가 나가는 게 싫은가 보다 하고 생각한다.

밥 먹을 때면

언제나 나의 무릎 위로

쓰옥 올라오는 땡초.

사랑스런
장난꾸러기

무엇이든 깔아 앉고 보는 땡초.
땡초가 위에 올라가기에 제일 좋아하는 물건은 정해져 있다.

1. 아직 할부가 끝나지 않은 맥북.
2. 날씨 좋은 주말에 촬영을 해야 하는 누나 무릎 위.
3. 누나가 잠들기 전에 미리 따뜻하게 데워주곤 하는 베개.
4. 출근할 때 들고 나가야 하는 가방.
5. 주말 약속을 위해 침대 위에 올려놓은 옷.

○
묘연

땡초는 우연처럼 내가 잠시 임보했던 고양이와 무늬가
같았다.

그 고양이는 얼마 살지 못하고 고양이별로 떠났고 그
이후 그 고양이가 시시때때로 생각나곤 했다. 미안한
내 마음을 알고서 땡초로 태어나 다시 내게 와준 걸까.
두 고양이 모두 내게 소중한 인연이다.

내 삶의 많은 지분을 차지한 아이들과 평생 함께 하고
싶다.

처음 본 미니장미를 신기해하던 땡초.

꽃이 어울리는 고양이

。
우리가
함께
사는 방법

땡초는 신기하게도 내가 사오는 꽃이나 기르는 식물에 관심을 두지 않는다.

유일하게 관심을 주는 식물은 아레카야자와 캣그라스 정도. 덕분에 우리 집은 갈수록 초록초록 해지고, 땡초는 친구가 늘어간다고 생각하는지, 잠시 냄새를 맡고, 냄새를 묻히는 것으로 인사를 마친다.

착한 고양이 동생 덕분에 좋아하는 취미 생활을 마음껏 할 수 있는 나.
또 하나의 행복이다.

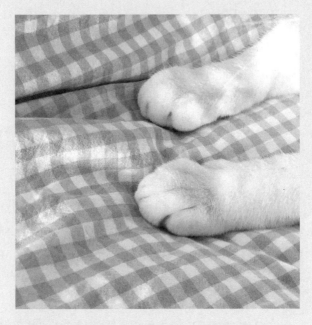

땡초의 어느 부분을 제일 좋아하냐고 묻는다면,

자신 있게 솜방망이의 '발'이라고

망설임 없이 대답할 수 있다.

곧 빠질 것 같은 털들, 하지만 그래도 부드러운 흰색 털

그리고 발바닥엔 말랑말랑한 핑크색 젤리까지

좋아하지 않을 이유가 없다.

커피나 디저트를 먹고 있으면 언제나 옆으로 와서

내가 먹는 것에 대해 관심을 가지는 땡초였다.

그 모습이 마치 기미상궁 같아서

한때는 '기미땡초'라는 별명을 붙여주었다.

아이스 카페라떼와
에그샐러드 크로와상,
그리고 고양이

。
덕분에
외롭지 않아,
고마워

'나 안 주고 뭐 먹어?'의 눈빛보다는 밥 먹을 때 외롭지 않게 나도 옆에 있어줄게, 라는 눈빛의 땡초.

데려왔을 때부터 줄곧 나의 식탁 맞은편엔 땡초가 앉아 있었다. 착각이어도 든든했다. 주말에는 집에서 밥을 먹는다. 여기엔 몇 가지 즐거움이 있는데, 먹고 싶은 것을 직접 만들어 먹는다는 점, 그리고 내가 원하는 풍경 속에서 식사를 한다는 점이 가장 크다.

레이스 커튼으로 들어오는 따뜻한 햇빛. 햇빛과 어울리는 땡초.
인생의 아름다운 순간을 사진으로 남겨두고 싶은 마음에 주말 점심에는 집에서 식사를 차려 먹는지도 모르겠다.

오늘이라는
추억을
남긴다

어느새 같이 산 지 2년하고도 반이라는 시간이 지나간다.

나에겐 단지 2년이지만 땡초에게는 4년일 수도, 8년일 수
도 있다. 나보다 시간이 몇 배는 더 빠른 고양이는 달력의
의미가 무의미하지 않을까 괜시리 내 달력과 시간에 맞춰
땡초를 대하는 것 같아 미안하다. 같이 나이를 먹어가지만
언젠간 동생이 아닌 오빠일 것이다.
작별은 슬프지만 지금부터 마음의 준비를 한답시고 슬픔에
빠져 있기보단 더 잘해주고 행복한 시간을 보내고 싶다.

좋아하는 간식을 주고 같이 창문 밖도 보고 그렇게 흘러가는
시간들. 기록하기 위해 오늘도 사진과 동영상을 남기는 나.

고양이가 있어
아름다운
순간

기다리는
이가 있어
재촉하는 발걸음

나의 말을 알아듣는지 모르는지 혼잣말을 하면 땡초 귀의 끝부분이 양쪽으로 펄렁펄렁한다.

솔직히 알아듣지 못해도 좋다. 내가 하는 고민, 투정, 그리고 행복한 자랑들을 땡초는 아무 말 없이 들어주고 거짓 없는 눈으로 바라보며 알겠다는 눈빛을 보낸다.

세상에서 가장 좋은 위로와 공감은 아무 말 없이 나의 말을 들어주는 게 아닐까.

어떠한 편견도 없이 내 말을 들어주는 친구 혹은 동생이 있어 오늘도 집에 가는 발걸음은 즐겁다.

CHAPTER

5

....

여 행 은 또
다 른 나 와
집 을 만 나 는 것

사실 광안리에서는 수영을 해본 적이 없다.
기껏 해봤자 발을 담그고 옷을 적시는 정도였다.

제주도에서는 차를 타고 가다 보면 아무도 없는 바다에 내린다.
나 혼자만이, 아니면 둘만이 있는 바다에서 수영을 하는 재미를 한번
느끼면 사람이 많은 곳에서 하는 수영은 흥미 없게 느껴질지도 모른다.

거기에다가 밤에 이름 모를 바닷가에 들러
간장 같은 수면 위에 비치는 달빛 또한 매력적이다.
왜 선조들이 매일 달을 보며 시조를 지었을까,
라는 생각이 답이 나올 정도로 매우 밝고 찬란하다.

어느 곳의 바다든 내가 좋아한다는 것은 변함없지만
내가 살던 곳에서의 고민을 흘려보낼 수 있는
그 이름 모를 바다에게 감사를 보낸다.

。
기분 좋은
선물

여행을 그렇게 자주 가는 편은 아니다.

내가 집을 떠나면 땡초도 심심해하고 여행을 준비하는 과
정이 너무 귀찮기 때문이다. 하지만 막상 가면 앞의 생각들
을 잊어버릴 정도로 너무 행복하다. 또 다른 나의 임시 안
식처를 찾은 느낌들. 날마다 새로운 기분으로 눈을 뜨는 하
루들.

이런 기분전환의 요소들은 가끔 메마른 삶에 필요한 것 같
다. 그래서 나는 혼자 떠나는 여행이든 누구와 떠나는 여행
이든 제주도는 1년에 두 번씩, 어디든 해외는 1년에 한 번
씩, 꼭 나가자는 나만의 공식을 만들었다.

그 목표라는 자가 포상을 앞에 두고 오늘도 나는 일을 한다.

교토.

항상 설레는 비행기 티켓 발권.

이 종이 하나만으로도

내가 어디든 갈 수 있는 게 신기하다.

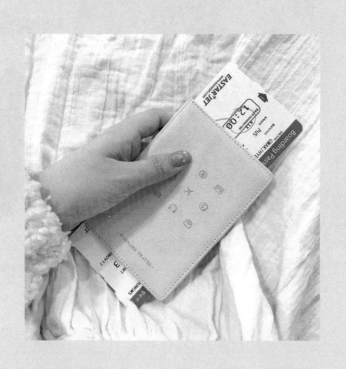

구김이 가지 않게 하려 걸어두는데,

이렇게 입을 옷들을 보고 있으면

다가올 여행들이 더 설렌다.

여행은
또 다른 나와
집을 만나는 것

내일과 오늘이
같더라도
다른 일상

여행은
또 다른 나와
집을 만나는 것

돌아가는 길엔 처음으로 란덴 열차를 보았다.

처음 본 란덴에 감탄하다가 뒤늦게 사진을 찍었다.

다음에는 꼭 타보리라 다짐했던 시간.

살아보는
여행

나는 여행을 가면 관광지에 가기보다는 자전거나 버스를
타고 마을의 구석구석 둘러보는 것을 좋아한다.

여행이란 살아보는 것이라는 말처럼.
정말 살지는 못해도 그 마을 주민들의 삶을 공기로나마 느
껴보고 싶기 때문이다.

。
이국적인 책을
마음으로
느끼기

가끔은 읽지도 못할 책을 구경하러 서점에도 들어간다.

그 나라의 서점은 어떤 모습일까? 어떤 책을 팔고 있을까.
미약하게나마 알고 있는 히라가나와 한자를 이용해 이리저
리 내용을 유추해본다. 읽을 수 있는 건 초등학생용 동화책
이었다. 장화를 신은 고양이라든지 단어를 알려주는 단어
동화책.

책방 주인에 따라 달라지는 책의 취향들. 그 나라를 더 느
끼고 싶다면 책방을 구경하며 알 수 없는 글자들을 그림 삼
아 책을 구경해보는 건 어떨까.

여 행 은
또 다 른 나 와
집 을 만 나 는 것

°
빈티지
그릇

국내를 가든 해외를 가든 그곳에서 파는 빈티지 그릇은 꼭
하나라도 가져오고 싶다. 그 세월을 고스란히 담은 그릇들
과 찻잔은 어느 기념품보다도 값지고 빛나는 물건이니까.

만물상 앞의 저렴한 그릇들.

여행은
또 다른 나와
집을 만나는 것

왼쪽의 작은 창으로 해지는 노을을 보고는 했다.

긴 창으로 보이는 숙소 너머의 따뜻한 풍경들.

제주도

숙소야 좋은 시설을 따지는 사람도 있고 교통이 편리한 곳을 중요하게 여기는 사람도 있을 것이다.

나는 숙소의 분위기 그리고 사진에서부터 느껴지는 따스함을 보고 선택한다. 예를 들자면 정성스럽게 내어주는 조식 같은 것.

숙소의 손님들을 생각하며 아침부터 준비한 따뜻한 마음과 정성스러운 손길이 좋아 자주 찾는 이곳 제주도의 숙소.

아름다운
공간으로

제주에 매년 2번씩 4년째 가고 있다.

그때마다 가게 되는 북카페. 이곳의 머핀과 부드러운 따뜻한 라떼가 좋다.

무엇보다 시끄러워지는 제주에서 정말 조용하고 발걸음 하나가 조심스러워지는 편안한 공간이 좋다. 고요한 아름다움 덕에 매번 찾게 되는 곳.

여행은
또 다른 나와
집을 만나는 것

그리고 중요한 건 고양이가 있다.

황홀한
풍경

내일과 오늘이
같더라도
다른 일상

남자친구가 가족들과 갔을 때 너무 좋
았다며 데려가준 방주교회.

방주교회에 가니 마침 해가 지고 있
었다. 수면에 반사되는 노을들이 너무
황홀해서 사진으로 담기보다는 눈으
로 담는 게 더 낫다고 생각했다.

여행은
또 다른 나와
집을 만나는 것

°
역시
바닷가

제주도의 많은 바다 중 금능 해수욕장이 좋다.

금능 해수욕장은 바다의 수심이 매우 얕은데 저 지평선 너
머까지 얕아서 한도 끝도 없이 바다로 걸어가게 만든다.

그런 무한한 이끌림의 매력이 좋아 금능 해수욕장은 꼭 들
르는 바다 중 하나다.

여행은
또 다른 나와
집을 만나는 것

반대편의 풀숲을 보고

커피를 먹을 수 있는 카페,

거짓 하나 없이 깔끔하고

군더더기 없는 커피와 브라우니.

유리로 만든 자연의,

자연스러운 색감들.

이곳은 파스타를 먹으며

바로 코앞에서 공천포 앞바다를 볼 수 있다.

파랑보다
초록을

부산에서는 항상 바다를 찾는다면 제주도에서는 바다보다는 오름을 더 자주 방문한다.

오름의 정상을 올라가면 건물이 아니라 어디가 끝인지 모를 들판과 작은 주택이 보인다. 바다를 볼 때 시원하게 뚫리는 마음이 들고 오름을 볼 때는 마음속의 응어리가 내려가는 느낌을 받는다.

이렇듯 제주도는 항상 고민을 풀어놓고 내려놓을 수 있는 고마운 장소가 된다.

여행은
또 다른 나와
집을 만나는 것

마음 쉴 곳 하나쯤 마련해두기.

사람을 무서워하지 않는 길냥이들이 많은 제주도.

그만큼 친절한 사람도 많다는 증거를 보여주는

고양이들의 친화력.

여행은
또 다른 나와
집을 만나는 것

°
갖고 올 수
없지만
꽃

여행을 갈 때마다 기념품을 모으는 사람들이 있듯이, 나는 여행지에서 꽃을 구매한다.

얼마 가지 못해 시들어버린다는 것을 알지만 여행 장소에서 느꼈던 좋은 감정들이 꽃에 더해져 더 아름다운 기억을 만들어준다. 후쿠오카에 갔을 때는 이름 모를 꽃집에 들어가 손짓발짓으로 장미 몇 송이를 구매한 기억이 난다.

숙소에 꽂아두고 떠나기 전까지 매일 아침 봤던 꽃은 여행의 시작을 더 기분 좋게 만들어주었다. 제주도에서 산 튤립 두 송이도 내가 구매한 가격의 몇 배나 되는 행복을 주었다. 예를 들면 제주도의 기억을 더 또렷하게 기억할 수 있는 예쁜 색감의 사진.

그 사진 하나만으로도 추억에 향기가 더해지고 더 아름다운 추억으로 남는다.

혼자 떠나는 여행의 설렘.
무엇이든 처음 시도해보는 것들은
두려움보다 설렘이 크다.

나고야에 내려서

첫 끼를 먹으러 가던 길에 본

배롱나무 꽃.

혼자
여행의
즐거움

혼자 여행 가면 아쉬운 것은 그 아름다운 풍경에 내 모습을 담을 수 없다는 것이다.

하지만 그 풍경 속에 더 예쁘게 보이려 집착하는 시간을 낭비하지 않아도 되고 그 순간을 온전히 나의 눈으로만 담을 수 있다. 아쉬울 뿐이지, 단점으로는 다가오지 않는다. 단점을 느끼기엔 장점이 너무 크기 때문이다.

혼자서 여행을 하다 보면 나의 체력에 따라 스케줄 조절이 가능하다. 오늘은 체력이 다 소진되었으니 잠시 숙소에서 충전을 하고 다시 나오거나, 너무 멀다 느껴지면 계획했던 일정을 취소하거나. 내가 가고 싶은 곳, 사고 싶은 것에 대한 고민의 시간을 마음대로 정할 수 있다. 누군가의 눈치를 볼 필요도 없고 미안해하지 않아도 된다.

쓰기에는 너무 많이 느꼈던 혼자 여행의 장점. 누군가 혹시
고민하고 있다면 우선 비행기 표부터 먼저 끊어보기를 추
천한다.

누구와 상의할 필요 없이 비행기 표를 끊는 순간부터 혼자
여행은 시작된다.

퇴사

내일과 오늘이
같더라도
다른 일상

퇴사 후 다른 회사에 입사를 하기 전에 마지막으로 떠난 여행.

여행이라면 어디야 좋겠지만 내가 가장 좋아하고 익숙한 그곳, 제주도로 혼자 3박 4일을 떠났다. 처음 내려서 바닷가를 보며 도시락 먹을 때 봤던 무지개. 무지개를 이렇게 또렷하게 본 적이 있던가.

처음이자 마지막일지도 모르는 선명한 무지개를 선물로 준 제주도.

°
단추
스테이

제주도에 갈 때마다 매번 묵는 숙소가 있다. 이름은 '단추
스테이'.

한림읍에 있고, 근처에 금능 바닷가가 있고 주변엔 커피가
맛있는 카페 '그곳'도 있다. 내가 좋아하는 장소를 걸어서
도 갈 수 있는 숙소라서 매번 묵었다.

단추 스테이의 장점은 내 집 같은 따스한 분위기와 아침에
사장님이 만들어주시는 조식이다. 드립으로 내려주시는 따
뜻한 커피 직접 만들어주신 빵, 요거트, 그리고 샐러드까지
솔직히 조식 먹으러 단추스테이에 가냐고 누군가 물어본다
면 '당연하지.'라고 할 수 있다.

하나의 장점에 끌리기보다는 여러 가지의 요소가 각자를

더 빛나게 하는 숙소. 그래서 더 끌리고 매력이 느껴지는
게 아닐까.

여행은
또 다른 나와
집을 만나는 것

단추 스테이의 이전 사장님이 운영하시는 카페.

예전의 드립커피도 다시 마시고 싶어서 들렀다.

다음 날의 여행지를 상상하며 어떤 옷을 입을지

걸어놓는 일. 여행을 하며 소소하지만

기대를 증폭시키는 일 중 하나다.

때 로 는
그 냥,
대 충

아무도 없는 금능 바닷가.

이때다 싶어서 삼각대를 놓고 찍었다 하지만 생각처럼 잘
찍히지도 않았다. 관광버스가 오고, 점점 사람들이 오기 시
작해서 얼른 찍고 가자며 후다닥 찍은 사진.
열정을 쏟아부은 사진보다 대충 찍은 게 더 마음에 들었다.

인생은 때론 대충 살아도 되는가 보다.

여행은
또 다른 나와
집을 만나는 것

여행은
또 다른 나와
집을 만나는 것

268

일상에서
배우다

내일과 오늘이
같더라도
다른 일상

혼자 살고 있다고 생각하지만 혼자가 아니다. 같이 잠을 드는 고양이 땡초가 있고 나처럼 물을 먹는 식물 친구들이 있다.

혼자 여행 왔다고 생각하지만 아니었다. 계속해서 안부를 묻고 궁금해해주는 친구들이 있고 게스트하우스 사장님은 나의 여행길을 인사해주고 길잡이 태준이도 마지막까지 배웅을 해주었다.
혼자인 것 같지만 발걸음과 속도만 다를 뿐 항상 같이 걸어가고 있었다.

서로의 인생에 흐름을 거스르지 않고 자유롭게 흘러가며 같이 큰 강을 따라 가는 삶.
여행과 일상 속에서 배웠다.

잔잔하고 평온한
당신의 일상을 위하여

삶은 단조롭고 언제나 평범하게 흘러간다.
하지만 그 사이에서, 조금의 변화만 주었더니
달라진 내일과 오늘을 경험 할 수 있었다.
그 변화에 내가 좋아하는 취향을 더한다면
바쁜 일상 속에서도
내 삶의 정체성을 찾는 느낌이 들었다.

일을 마치고 들어와 캐모마일을 마실지
장미차를 마실지 고민하며 결국은 국화차를 마시고
따뜻하게 잠드는 하루의 마무리를 떠올린다.
매일은 같지만 조금씩 다른 오늘들.

내일과 오늘이
같더라도
다른 일상

내 삶을 엄청 특별하게 만들고 싶지는 않다.
소소하게, 내가 원하는 것들을 하며
조용히, 은은하게 살아가는 것.

매일이 똑같아 지루하고 일상이 무기력해진다면,
단 하나의 변화부터 시도해보기를….
곳곳에 나만을 위한 작은 즐거움을 마련해보기를….

나를 위한 작은 것들이 쌓이면
내일과 오늘이 같더라도
일상은 달라진다.

내일과 오늘이
같더라도
다른 일상

초판 1쇄 인쇄 2020년 11월 5일
초판 1쇄 발행 2020년 11월 12일

지은이 곽현영
책임편집 조혜정
디자인 그별
펴낸이 남기성

펴낸곳 주식회사 자화상
인쇄,제작 데이타링크
출판사등록 신고번호 제 2016-000312호
주소 서울특별시 마포구 월드컵북로 400, 2층 201호
대표전화 (070) 7555-9653
이메일 sung0278@naver.com

ISBN 979-11-91200-01-0 03810

이 도서의 국립중앙도서관 출판예정도서목록(CIP)은 서지정보유통지원시스템 홈페이지(http://seoji.nl.go.kr)와
국가자료공동목록시스템(http://www.nl.go.kr/kolisnet)에서 이용하실 수 있습니다.(CIP제어번호: CIP2020046911)